# LES VŒUX

## DES

## CRÉTOIS.

# LES VŒUX

## DES

# CRÉTOIS,

## *HISTOIRE RENOUVELLÉE*

## DES GRECS.

Par M. Xanferligote, Hermite
au fein du monde.

---

*Noli adfectare quod tibi non eft datum,*
*Delufa ne fpes ad querelam recidat.*

---

M. DCC. LXXVI.

# AVERTISSEMENT.

JE ne doute point que des Lecteurs ri-
gides ne se récrient sur les conseils que
Mercure donne à deux Amans qui jouent
un rôle assez gai à la fin de cette espece
de Poëme. Je les suplie d'observer que
les Dieux comme les hommes ont toujours
prêché suivant leurs principes. Celui qui
étoit journellement témoin de la mauvaise
humeur de Junon, & dont l'emploi principal étoit de favoriser les intrigues de
Jupiter, Mercure, devoit être plus porté
en faveur de l'Amour que de l'Hymen.
Mercure est ici l'acteur principal : il a
fallu le faire parler comme il pensoit ;
je ne prétends pas qu'il ait pensé comme
il auroit dû. Si l'on croyoit que cet aveu
ne fût pas suffisant pour mettre la Jeu-
nesse en garde contre des sentimens peu
analogues aux systêmes adoptés ; j'ajouterai que je n'ai entendu faire qu'un Conte.
J'ai voulu passer de beaucoup d'idées tris-

tes à quelques idées riantes; faire des
contraftes; & je n'ai trouvé qu'un moyen,
celui que j'ai employé. Ma ftérilité peut-
être en eft caufe : peut-être auffi un pen-
chant naturel à la volupté : un goût pour
l'indépendance dans les plaifirs : un amour
exceffif pour tout ce qui peut peindre des
êtres jouiffans dans le fein de la Nature :
une démangeaifon de les dégager de tous
les liens qui les en tiennent écartés, & enfin
la jouiffance qu'on éprouve dans ces mo-
mens d'une trop courte illufion , où les
perfonnages femblent agir au gré de Pyg-
malion qui les anime. Quoique je dife
mon *meâ culpâ* aux pieds des Rigoriftes,
je ne me foumets pas moins au jugement
de Lecteurs moins fcrupuleux.

*Omnis vita mifcetur luctu & gaudio.*

Voilà ce que j'avois à prouver & j'ai
fait des tableaux dans les deux genres.
C'eft une reffource à l'apui des argumens.
Mon Canevas ne m'a fourni que jufqu'à
la fcène d'Atis. J'ai cru que fi Mer-

cure puniſſoit la mauvaiſe foi, il devoit
un prix à la ſincérité. Si j'euſſe terminé
par une ſcène affligeante, j'aurois laiſſé
la triſteſſe dans l'ame de mes Lecteurs.
J'ai donné une petite piece après la grande ; j'ai cherché à les coudre de maniere à
produire une opoſition agréable ; ſi je n'ai
pas réuſſi dans mon plan ; ſi j'ai péché
dans les détails, c'eſt principalement là-
deſſus que je prie le Public de s'expliquer.
J'ai travaillé avec plaiſir pour ſon amuſe-
ment : ſes avis me feront une marque de
reconnoiſſance : il ne ſçauroit m'obliger
davantage qu'en me redreſſant, puiſqu'il
me mettra à même de me corriger & d'at-
teindre au but que j'ai de lui plaire.

# ARGUMENT.

*Jupiter, enlevé par supercherie à la cruauté inquiéte de Saturne qui l'auroit dévoré, regne en place de son pere, après l'avoir détrôné, comme le Destin l'avoit prédit. Il a l'empire des Cieux. Alors les Habitans de Crete étoient encore grossiers & sauvages. Minos & Rhadamante, successeurs de Jupiter, ne les avoient point civilisés. Les Crétois s'imaginent que Jupiter est tenu à la reconnoissance envers eux, parce que c'est dans leur Isle qu'il a été caché & élevé. Ils se plaignent : ils font des demandes indiscrettes. Mercure les écoute & les juge au nom de Jupiter.*

# LES VŒUX
## DES CRETOIS,
### HISTOIRE RENOUVELLÉE
## DES GRECS.

Parmi la foule des défauts
Communs à tous tant que nous sommes,
Nous en avons trois Capitaux :
Le premier d'aspirer à nous voir les égaux
Des Immortels ; d'oublier qu'étant hommes,
Ouvrage de leurs mains, jouets de leur désir,
Nous ne pouvons, comme eux, incessamment jouir.
Le second, de penser que les tourmens des autres
Sont peu de chose , ou ne sont rien,
Mis en balance avec les nôtres.

Le troifieme & dernier , enfin ,

C'eft de parler fans ceffe de nos gênes ;

De reprocher aux Dieux les chaînes

Que nous portons, de pouffer maints foupirs ,

D'être aveugles & fourds à des faveurs certaines ,

Et d'imaginer que nos peines

Paffent en fomme nos plaifirs.

Des vicieux humains tel eft le caractère :

Ils font vains, injuftes, ingrats ,

Sans excepter les Potentats :

Je les mets en tête au contraire.

Détruire un fi grand mal' n'eft pas petite affaire ,

Puifqu'il attaque tous Etats.

On l'effaya pourtant fous le fiécle d'Homère ;

Car tentés d'apporter reméde à bien des maux ,

Les Grecs ont avant nous fait des Coñtes Moraux ,

Mais en vain : cependant il convient, j'imagine ,

De toujours fermoner : je vais donc , mes amis ,

Sur ce grave fujet, confultant leurs Ecrits ,

Vous peindre d'après eux leurs mœurs & leur

doctrine.


Le berceau de Jupin fut l'ifle des Crétois;

C'eft

C'eft là, qu'au fon bruyant du fyftre & des haut-
    bois,

Privé du blanc teton qu'eût dû lui donner Rhée ;

Il fut réduit au pis de la chévre Amalhée ;

D'où lui refta ce goût, un peu plus que lafcif,

Qui, quand on n'eft pas Dieu, peut faire brûler vif.

Au refte il gouverna comme on ne le voit guère :

De fon tems les plaifirs nâquirent des befoins ;

      Le bonheur par toute la terre

Devint le jufte prix du travail & des foins.

Mais comme il paroît doux de n'avoir rien à faire,

Et qu'on veut fans travail être heureux & content ;

Quand Jupin fut affis au Trône de fon pere,

Les Crétois dans leur cœur nourriffoient ce pen-
    chant,

Refte de l'âge d'or, & de l'âge d'argent,

Où l'on méconnoiffoit la peine & le falaire,

      Où le bien venoit en dormant.

Péu contens de leur fort, un jour ces Infulaires,

      A Jupin, unanimement,

      Firent des plaintes fort ameres :

Chacun lui témoigna qu'il étoit étonnant

      Qu'il n'eût pas donné feulement,

                  B

Aux Habitans des lieux chargés de son enfance ,

Une marque de préférence ,

Quelque privilége éclatant

Auquel on connut clairement

Qu'il mettoit une différence

Entr'eux & les Peuples divers ,

Dispersés au hasard sur ce vaste Univers.

Que, si c'étoit oubli, Sa Majesté suprême

Étoit intéressée à leur faire un tel bien ;

Autrement leur bonheur n'étoit rien qu'un problême,

Et que chacun le voyoit bien.

De sa tendresse , ainsi , tous oublioient les gages.

Leur suplique un peu forte irrita fort Jupin

Qui ne leur devoit pas ces nouveaux témoignages ;

Il eût pû les priver de tous leurs avantages ;

Il ne sçait qu'effrayer ceux qui lui sont trop chers.

Il apelle l'Autan , précurseur des orages :

L'Olympe étincelle d'éclairs :

Au-dessus des Crétois s'ouvrent d'épais nuages

Et Mercure à leurs yeux descend du haut des airs.

Aux éclairs près, à de pareils messages

Nos gens étoient accoutumés ;

Aussi par l'accessoire ils furent alarmés :

Mercure, en arrivant, le vit à leurs vifages;
  Mais il garda fon férieux.
  Le voilà droit au milieu d'eux :
  On le regarde, on fait filence,
  Alors le Dieu de l'éloquence
  En ces mots courts & lumineux
  Apoftropha fon audience.
  Sujets ingrats envers les Dieux,
  -Vous que Jupin rend plus heureux
  Qu'aucun des peuples de la terre ;
  Vous bercez-vous de la chimère,
D'avoir un bonheur pur tel qu'on le goûte aux
   Cieux ?
  Votre demande eft téméraire
  Et vos difcours injurieux.
Jupiter, cependant, vous traite encor en pere,
  Modérez votre ambition,
  Il eft prêt à la fatisfaire :
  Formez trois vœux. Que chacun délibere
  Sur la nature & fur la portion
Du bonheur qu'il fouhaite ; enfin fur la maniere
De fe trouver joyeux dans fa condition.
Demain je reviendrai pour éclairer l'affaire.
      B 2

Ici du Maître du tonnerre
Se bornoient les inftructions :
Mercure prit fon vol, & montra les talons.

# PREMIER VŒU.

Mercure ne fit pas une vaine promesse :
Chez les Crétois il descendit
Le lendemain , ainsi qu'il l'avoit dit
Et s'abbatit dans une plaine.
En peu d'instans on s'y rendit :
Jeunes gens & vieillards couroient à perdre haleine,
Tant ils étoient gais & contens ;
Quoiqu'un assez bon nombre eût gagné la migraine
A force de rêver aux souhaits importans
Dont l'accomplissement devoit pour tous les tems
Les affranchir de la misere humaine.
Un d'eux prit la parole au nom des Habitans.
Fils de Jupin , dit-il , vous savez à quel titre
Nous réclamons aujourd'hui la bonté
De ce Dieu si puissant, de ce suprême arbitre.
Par votre bouche, hier , sa Majesté
Nous proposa de souhaiter trois choses.
Des peines des Crétois j'ai pénétré la cause ;
Je sçais ce qui s'opose à leur félicité.

Nous ne formons qu'un vœu , s'il peut être écouté,

Il comblera notre espérance :

C'est que d'ici Jupin enleve la souffrance,

Le travail , le besoin , toute calamité;

Chofes qui ne font point à notre convenance :

Il le peut de refte , je penfe;

Il fuffit de fa volonté

Et d'un feul trait de bienfaifance.

Ce vœu , dit l'Envoyé, frife l'impertinence ;

Pareille exception n'eft le lot que du Ciel :

C'eft trop d'ambition , je vous le dis fans fiel:

Prenez d'autres avis ; à demain la féance.

# SECOND VŒU.

LE lendemain, quand on eut fait silence,
Au nom de tous, pour la feconde fois,
Ainfi parla l'Orateur des Crétois.
Seigneur, je ne crois pas que Jupiter s'offenfe
  Du vœu qu'aujourd'hui nous formons.
Là-deffus, cependant, nous nous en raportons
  A l'avis de votre Excellence.
Nous fouffrons plus ou moins; or pour nous alléger
Et remettre chez nous les chofes en balance,
Il faudroit qu'entre foi chacun pût échanger
Ses ennuis, fes dégoûts, fes chagrins & fes peines :
  Rien de mieux pour fe foulager.
Vous vous tenez encor à des chimères vaines,
  Dit l'Ambaffadeur ; cependant,
Si Jupiter le veut... Jupiter à l'inftant
Tonne à droite de l'Ifle, & le Sçavant Mercure
Jugeant que Jupiter veut rire aparemment,
Dit ; le coup, mes amis, eft de fort bon augure :
  Troquez ; Jupiter y confent.

Rendez-vous fameux dans l'hiftoire
Par vos marchés originaux :
Je vous donne huit jours pour tenir cette foire:
Allez dès-à-préfent préparer vos ballots.

SUITE

## SUITE DU SECOND VŒU.

### *Son exécution.*

AUSSI-TÔT fait que dit, d'une ardeur sanségale,
    Chacun forma de gros ballots,
    Bien rembourrés de chagrins & de maux.
Si vous me demandez comment cela s'emballe,
    Je n'en fçais rien : l'examen fcrupuleux
    Seche la fleur de toute allégorie.
    Nous la devons aux fiécles merveilleux ;
    Pour la créer il fallut du génie;
    Dieu nous en donne autant qu'à nos ayeux.
    Nos troqueurs donc fe rendent fur la place,
    Et rodent-là comme Marchands forains ,
    Bien affaiffés fous le poids des chagrins,
    Clochans par fois & faifant la grimace.
    Aucuns d'entr'eux, mais c'étoientles plus fins,
    Feignoient pourtant de marcher avec grace ;
    On les voyoit fans apuis à leurs mains,
    Et fans paroître accablés fous la maffe.
    En fon pourpris que faifoit lors Jupin ?
    Jupin , je crois, rioit de leur manége,

C

Sçachant d'avance, & le fçachant très-bien,
Que tout ceci n'aboutiroit à rien.
Il eft fi rare ici bas qu'on s'allége !

Les Indigens voyant que les Richards
Avoient comme eux aporté leur bagage,
Furent tentés de demander les parts
De ces Meffieurs ; penfant y trouver avantage.
Ballots trompeurs, qui d'or étiez couverts,
Vous les portiez à juger de travers :
On eft toujours dupe de l'étalage.
Qu'offrîtes-vous, quand vous fûtes ouverts ?
L'ambition, la jaloufie,
L'ennui, les dégoûts, l'infomnie,
La fervitude & les revers.
Les regardans s'en furent au plus vîte.
Croyant voir à la fois tous les maux des enfers.

Les Créfus, à leur tour, furent à la pourfuite
De gens vêtus avec fimplicité ;
C'étoit bien fait. Les Livres de morale
Prônent fur-tout la médiocrité :

On pria donc ces gens d'ouvrir leur balle.
Chaque Mydas fut d'abord dégoûté :
Car là-dedans étoit l'œconomie,
Et le travail & la frugalité.
Quoi ! dirent-ils, voilà ceux qu'on nous vante !
C'eſt en ſuant qu'ils mettent ſol ſur ſol,
Et ne mangeant que le quart de leur ſaoul.
Que peſte ſoit ſi pareil ſort nous tente.

   Les Partiſans de la ſobriété
S'intriguoient fort auſſi de leur côté,
Cherchant quelqu'un qui voulût d'aventure
Les abrier de la néceſſité,
De leurs travaux accepter la torture
Et leur donner la conſtante gaieté :
Recherche vaine... On voyoit à la foire,
Dans tous les coins, nombre de regardans,
Des empreſſés, des allans & venans ;
Pour des troqueurs, à ce que dit l'hiſtoire,
On n'en vit point : Ce fut du tems perdu.
Maître & Valet ſe virent, s'aborderent,
Voulant traiter, & d'abord ſe quitterent.

Rois & Sujets vainement s'accofterent ;
Point de marchés : aucun ne fut conclu :
Et cependant les huit jours s'écoulerent :
Chacun s'en fut comme il étoit venu.

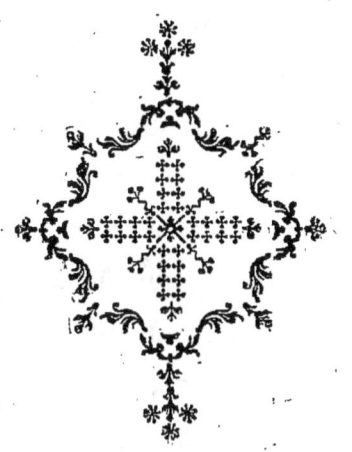

# TROISIEME VŒU.

LE jour d'après cette burlefque fcène,
Vous eufliez vû les Crétois abbatus,
Et qui pis eft, plus d'un Forain perclus,
Have, défait & fe traînant à peine ;
Tels que chez nous, après le carnaval;
Au Mercredi d'une Sainte Semaine,
Sont nos Pantins qu'a difloqués le bal.
Meflieurs de Crete à la fin réfolurent
De faire un vœu qui fût plus réfléchi.
On s'affembla : les vieux bonnets conclurent;
Et quand tout fut arrêté , confenti ;
Jupin encor leur envoya Mercure.
Lors le Patron dont on avoit fait choix,
Penfant devoir prévenir tout murmure,
Prit la parole , & dit à haute voix.
C'eft la troifieme & derniere demande
Que Jupiter vous permet de former ,
Penfez-y bien; l'importance en eft grande :
Je ne veux pas qu'on me puiffe blâmer.

Citoyens, parmi vous, fi quelqu'un apréhende,
Qu'encor un coup nous foyons dans l'erreur;
Qu'il parle...... Aucun d'entr'eux ne rompit le filence;
Ce que voyant le modefte orateur,
Devant Mercure il s'incline & commence.


La derniere faveur où tendent nos fouhaits;
Ce n'eft plus d'être exempts de mille maux enfemble;
Ni de les échanger entre nous déformais.
Un vœu fage, aujourd'hui, près de vous nous raffemble.
Souffrir eft notre lot : nous bornons nos défirs
A ce que la fomme des peines
N'excéde point la fomme des plaifirs.
Nous demandons à votre Alteffe,
Que Jupiter compenfe nos foupirs;
Que fi dix, en un jour, naiffent de la trifteffe,
Le même jour également
Dix foient le fruit de la tendreffe;
Qu'une longue & vive allégreffe,
Soit la fuite d'un long tourment;
Enfin qu'alternativement,
Si l'on pleure au matin, le foir on puiffe rire;
Et toujours à l'équivalent.

Si c'eft-là , dit le Dieu, ce que chacun défire ,
C'en eft fait , mes amis , Jupiter y confent ;
On peut compter , non-feulement,
Qu'il eft d'accord fur ce jufte partage ,
Mais qu'il accorde même une fois davantage ;
C'eft-à-dire , Crétois , que Jupiter entend
Que la fomme des jouiffances ,
Chez vous l'emporte évidemment ,
Et double celle des fouffrances.
A cela vous jugez fi chacun aplaudit.
On fe tut à la fin ; & Mercure reprit :
Que ceux donc qui voudront balancer leur fortune,
Cette fois faffent deux ballots ,
L'un de plaifirs , l'autre de maux ,
Sans oublier ou peine , ou joie aucune ;
Il ne faut pas, je crois, de longs aprêts ,
Que dans trois jours on ait fes ballots prêts ;
Je me rendrai de ma part fur la place
Pour y pefer chaque beface ;
Soyez loyaux : au nombre des chagrins
Qu'on n'aille pas placer des vétilles , des riens.
Si des maux la fomme eft plus forte ,

J'augmenterai celle des biens,

Tant que du double elle l'emporte :

Tout au contraire, Citoyens,

Si les biens pefent davantage,

Je renforcerai le bagage

Des malheurs, en proportion

De ce qui manquera. Cette condition

Paffa de fuite : elle étoit raifonnable ;

Chacun s'en fut regagner fa maifon,

Et devifer, quelques-uns à la table,

Et quelqu'autres dans leur lit,

Prenant pour confeils des Commères ;

Leurs femmes, je m'explique : on y parla d'affaires,

Et peut-être bien qu'on en fit.

Je ne pénétre point dans ces fecrets myfteres :

C'eft de ballots, non d'enfans qu'il s'agit :

Les premiers furent faits, ainfi qu'il étoit dit.

CHATIMENT

---

# CHATIMENT

## Du Roi de Gortine.

POURQUOI faut-il qu'obstinés à mal faire,
Quand tout nous porte à devenir meilleurs,
Nous éloignions la crainte salutaire
Des Immortels ? nous les faisons auteurs
  De nos revers, de nos malheurs :
  Nous leur imputons nos erreurs ;
  Et nous avons l'extravagance
De les croire envers nous tenus à la clémence :
  Jusqu'au moment de la vengeance
  Un fol espoir est dans nos cœurs.
Corrigeons-nous : que les faits qui vont suivre
Dorénavant nous aprennent à vivre ;
Aimons les Dieux & les Prédicateurs.

Le jour venu que l'on devoit se rendre
Au lieu prescrit , le fils de Maïa
De grand matin dans les airs se montra.

       D

Perfonne ne fe fit attendre.

De tous côtés on afflua ;

On fit un cercle ; on fe plaça

Du mieux qu'on put, pour bien voir , bien entendre ,

Et déballer à tems fi la chofe alloit prendre.

Sur une nuë alors on vit le Dieu defcendre :

Ce fut fon fiége ; il le garda

N'efpérant pas en trouver là

De plus pompeux ni de plus tendre.

N'oublions pas d'ajouter à cela,

Qu'outre les attributs qu'on lui connoît déjà ,

Mercure avoit encore une large balance.

Vulcain , pour cette circonftance

Tout exprès , dit-on , la forgea

D'un fuperbe métal ; & c'eft ce qu'on verra :

J'en parlerai quand il faudra.

Revenons aux Crétois. Mes amis , quand j'y penfe ,

Quelle foule que celle-là !

Vous euffiez vu dans un efpace immenfe

Grands & petits , la charge fur le dos,

Pédeftrement porter leurs deux ballots :

Voire huit Rois ! ils étoient fur la place ,

Plaifirs au dos , & chagrins fur le cœur.

Chacun encor porte ainfi la béface.

Mercure voit que la poche au malheur

Eft à l'excès enflée & rebondie ;

Celle des biens de chétive groffeur.

Meffieurs , dit-il , point de fupercherie ;

— Je vous l'ai dit. Avant de pefer les paquets

  Je prétends voir la marchandife

A découvert , & nombrer les effets ;

Car fi les maux font portés à l'excès

Vous m'en verrez alléger la valife ,

Laiffant pour tout ce qui fera de mife ;

  Et fûrement je m'y connois.

Quant aux plaifirs , s'ils ne font pas complets

J'ajouterai ceux qu'on aura fouftraits.

  Voyez, Meffieurs, qu'on fe ravife ,

Ou finon gare à vos malins projets.

Sermon fans fruit. Le fot Roi de Gortine

Perce la foule, avance & montre fon avoir.

  Des deux parts Mercure examine.

Au ballot du bonheur , dit le Dieu , j'ai cru voir

  Ton indépendance fur terre

De tout autre homme ; il t'a plu l'en fouftraire ,

Il l'y faut mettre ; & Mercure l'y mit.

Je penfois voir auffi cette fanté robufte

Dont je fais que toujours ta Majefté jouit ,

Cela manque , il me paroît jufte

De l'y placer ; il l'y place & pourfuit.

Il s'aperçoit que nombre d'avantages

Etoient omis ; ils y furent bientôt.

Alors il ferme ce ballot

Et paffe à l'examen de celui des dommages.

Après *la pefte & les fléaux*

Il trouve : *Inquiétude extrême*

*Sur le talent des Généraux.*

Tu n'as qu'à commander toi-même ,

Dit-il , porter le fabre , & marcher & combattre ;

Au lieu d'aller dans tes petits châteaux ,

Loin de tes ennemis t'égayer & t'ébatre ;

Et de rifquer ainfi l'honneur de tes drapeaux.

*Doutes fondés , alarmes, défiances*

*Sur l'exacte fidélité*

*Des Directeurs de mes Finances.*

Laiffe les Magiftrats prononcer leurs Sentences :

Qu'ils foient privés de tout , s'ils font fans probité.

C'eft toi qui les choifis : tes maux font volontaires :

Acquiers la capacité

De juger leurs travaux, de bien voir en affaires,

Ou cesse de régner : du ballot des misères

Ce vain souci doit être ôté.

*Soins du Gouvernement.* Fort bien, tu les dois prendre.

*Ce que dira le Peuple & s'il pourra comprendre.* . . .

Oui, oui, sans doute, il comprendra.

Montre-toi constant à bien faire,

Tu peux compter qu'il le dira :

Je retranche encore cela

Comme une alarme imaginaire.

Quand ce fut fait le Dieu pesa.

De plus des deux tiers comme on pense

Le ballot des plaisirs emportoit la balance,

Au ballot des chagrins de ce Roi mécontent,

Mercure ajouta la semence

De quelques maux, & cependant

La fievre quarte pour un an ;

Quatre mois de convalescence,

Avec menace d'accident

Faute d'une exacte abstinence.

Le Roi sentit son poulx déréglé dans l'instant,

Il prit congé de l'assistance,

Et chaque Prince en fit autant.

# DÉCONVENUE

### D'un Armateur.

OR à préfent que de nos huit Monarques
Sept font fauvés d'un affez mauvais pas,
Fuyant Mercure & la fievre & les Parques,
Parlons du fort des gens d'autres états,
Qui de leurs parts pleins d'efpérances vaines
Etoient reftés, & ne convenoient pas
Que leurs plaifirs furpaffaffent leurs peines :
Erreur, entêtement qui leur devint fatal.
Le plus fouvent on court après le mal,
Puis l'on s'en prend aux Dieux, à la nature :
La mauvaife foi, l'impofture
Sont employés ; c'eft un mauvais canal
Pour réuffir ; témoin la derniere aventure.
Oh le bon Juge que Mercure !
Ne quittons point fon Tribunal.
J'y vois un gros Marchand, aimé de la Fortune :
A fa faveur conftante il eft accoutumé ;
Pendant trente ans il fubjugua Neptune ;
Le fort de fes pareils ne l'a point effrayé :

Le fien eft d'être heureux : telle eft fa confiance,

    Que le deftin par fon aftre vaincu

Doit combler fes defirs dans chaque circonftance ,

Où tout autre que lui n'auroit rien obtenu.

Il eft au pied du Trône avec la contenance

Que lui donna toujours ce féduifant efpoir ;

Mercure en eft outré ; fon air laiffe entrevoir

    Qu'il va bientôt faire tourner la chance.

Vous, dit-il, qui du fort méconnoiffez les crifes :

Vous , dont Jupin toujours aida les entreprifes,

    Qu'avez-vous à lui demander ?

—Seigneur, plus d'une chofe. — Ouvrez-moi vos

    ballots ;

Voyons ce qu'én fon nom je vous dois accorder.

Il trouve au rang des maux ; *La peine infuportable*

*D'être en bute au mépris de ma fiere moitié,*

*Noble d'extraction , mais jadis miférable.*

Que ne la preniez-vous d'un état plus fortable ?

Votre lot maintenant eft d'être humilié,

Et ce n'eft point un mal. *Le mauvais caractere ,*

*Les débauches d'un fils que j'aime tendrement.*

Vous l'avez, fans fujet, careffé trop fouvent ;

    Votre malheur eft volontaire.

*Le déplaisir* de voir mille gens, sans emploi,

Indolens, fortunés, dépensans plus que moi.

—Envieux! que t'importe? Encor! *Les rebuffades*

*De nos petits Seigneurs, dissipant sans compter ;*

> *Leur ton, leurs lazzis, leurs boutades*

> *Dès que j'hésite à leur prêter :*

> *Et la certitude cruelle*

> *De n'avoir jamais de nouvelle*

Des sommes qu'ils me font l'honneur de m'emprunter.

Tant mieux : la vanité vous fait les fréquenter ;

Vous aimez à passer pour un homme à son aise :

Ces maux font votre ouvrage & je les vais ôter.

*La vieillesse.* —Comment! ah! ne vous en déplaise,

Monsieur le Commerçant, c'est, j'imagine, un lot

> Qui des plaisirs doit grossir le ballot ;

Et Mercure l'ouvrit. Il étoit presque vuide.

Le Dieu n'y trouva point *le plaisir d'avoir fait*

> Une fortune assez rapide.

Le *De* joint au nom bas que jadis il portoit,

> Le plaisir d'avoir une table

Un train de Prince, au point qu'on s'y trompoit ;

En Eté la fraîcheur d'un salon délectable

L'agrément en Hyver d'avoir un feu de diable,

Quand

Quand le petit marchand, loin de lui, grelottoit,

Sur fa porte apellant le chaland qui fuyoit.

Des Phrinés, des Laïs; un luxe inconcevable;

Plaifirs tels que chacun en fouhaitoit autant,

Et qui, tous ajoutés, firent que dans l'inftant

Le ballot des plaifirs pefoit outre mefure.

Le Penaut trafiquant en changea de figure.

» Oh! les poids, dit le Dieu, font par trop inégaux;

     » Par la perte de deux vaiffeaux

» J'augmente tes douleurs. » Quelqu'un à l'heure

    même

Arrivant de Sidon, lui remit un poulet,

    Un mot d'écrit qui l'affuroit du fait;

Et le fit pour le coup abjurer fon fyftême.

    Il foupiroit quand Mercure reprit,

    » Il convient de plus que j'ajoute

La Cécité. »—Seigneur.....! ah Ciel, je n'y vois goute,

  S'écria-t-il; « plus, des douleurs de goute

  » Qui vont vous prendre, & ce mal durera

  » Pendant dix ans, puis vous étranglera. »

Il fallut l'emporter pour le fortir de là.

Sa chaife eft à deux pas, il part, il eft en route.

                  E

## Ce qu'il advint à un GENTILHOMME.

CE gros Marchand puni , nombre de gens fenfés
Filoient l'un après l'autre & chez eux s'en alloient :
Mais parmi tant de gens qui s'étoient amaffés
      Nombre de mécréans reftoient :
    Un d'eux paroît , c'étoit un Gentilhomme
    Comblé d'honneurs , l'un des Grands de l'Etat :
    Il produifit le ballot affez plat
De fes plaifirs , difant , les voilà tous en fomme.
    Sot , dit le Dieu , de ta mauvaife foi ,
Penfes-tu que Mercure aujourd'hui foit la dupe ?
Et cet honneur fi grand dont ton orgueil s'occupe
      D'être un de ceux après le Roi
Que le peuple à genoux invoque & follicite ,
Parmi les biens pourquoi ne l'as-tu pas placé ?
Pourquoi n'y vois-je pas la faveur non petite
D'avoir beaucoup d'enfans qui tous ont du mérite ?
Tu defcends d'un Héros que nul n'a furpaffé ,
C'eft un bonheur fans doute , & fans cet avantage
Peut-être on te verroit bêcher dans ton village.

Cependant tu l'as éclipfé.

Pourquoi ? ——— Ce Monfeigneur demeurant fans
     réponfe.

Le Dieu met tout cela parmi les agrémens

Puis paffe à l'examen du ballot des tourmens,

    Et pourfuit ainfi fa femonce :

    Je m'apperçois que des chagrins

    Tu groffis fort la pacotille.

    Comment ! *alarmes fur ma fille*

    *Senfible aux propos galantins*

    *Aux œillades , aux vers badins*

*Des Muguets.* Veille-là ; tu peux mieux faire encore ;

    Pour couper court aux billets doux,

Parmi fes courtifans choifis-lui pour époux

    Quelqu'un qui l'aime & qui l'honore.

    *Doutes fur la fidélité*

*De ma friande époufe encline à paillardife.*

    Crainte imaginaire , fottife ,

Il falloit, au furplus , ménager ta fanté ,

Ta vigueur , & ne pas careffer les D . . . .

    Tu te ferois épargné cette crife,

*La perte d'un Procès.* Tu l'as voulu : pourquoi ,

    Lorfque chacun te condamnoit d'avance

Dans ton cœur vicieux conçus-tu l'efpérance
De pouvoir à ton gré faire plier la loi ?
*La géne de garder fa maifon malgré foi*
*Et de l'ouvrir à des harpies.*

Ferme ta porte & te tiens coi.
*Le tourment de jouer dans maintes compagnies,*
*Et le guignon de perdre à tous les jeux.*

Oh ! dit le Dieu, tout ce fatras m'ennuie;
Tu t'ofes dire malheureux ;
Ton malheur prétendu naît de ta fantaifie,
Pefons tes maux réels . . . . Que dis-tu mainte-
nant ?

Au prix du ballot des miferes
Le ballot des plaifirs pefoit énormément.

Le Monfeigneur faifi d'un tremblement
Penfoit à s'enfuir au plus vîte ;
Mais le Dieu ne le tint pas quitte.
Au cruel ballot des douleurs
Il ajouta la mort fubite
D'un de fes fils. Les yeux baignés de pleurs,
Un ami fur le lieu lui porte la nouvelle.
Le Pere en eft frapé. L'affemblée en frémit.

Sur fes genoux on le voit qui chancelle:
On le tient fous les bras, on l'entoure, on le fuit:
Chacun prend part à fa douleur mortelle,
Et s'en va triftement regagner fon réduit.

# ATIS ET ALISON,

## *Ou la bonne foi récompensée.*

J'ABANDONNE Clio : Cypris devient ma Mufe :
Le trait n'eft pas joli pendant le Jubilé ;
Mais le bon goût le veut : c'eft ma premiere excufe.
Voluptueux amis , vous m'avez déréglé ;
Ce n'eft qu'en fe damnant qu'un auteur vous amufe.
Atis eft un Héros que n'ont point fait les Grecs :
Leurs contes, quoique bons, font par fois un peu fecs ;
Puiffe mon perfonnage égayer leur chronique :
Puiffe-t-il effacer la trifte impreffion
    D'une punition
Que leurs fombres auteurs ont faite un peu tragique.
Leur but n'eft pas rempli : leur conte eft avorté.
Demeurant en chemin comme ils y ont refté ,
J'aurois pû contre moi faire hurler la critique.
Oh ! j'acheve, & je cede à la néceffité.


   Pour tout enfin il reftoit fur la place
   Le jeune Atis & la tendre Alifon,

Elle étoit belle, il étoit beau garçon:
Leurs biens, leurs maux ne formoient qu'une maſſe.
Nos jeunes gens s'entretenoient d'amours,
C'étoit Atis qui portoit la beſace
Sur ſon épaule; il l'avoit au rebours
Des trois plaignans punis de leur audace;
Peines derriere & plaiſirs en devant;
Ce ballot-ci de groſſeur ſans égale.
Mercure dit: « Eſt-ce donc mon galant
  » Que pour tous deux vous n'avez qu'une balle ?
  » Vous en devez avoir une chacun,
  » D'après mon ordre, ou bien Mademoiſelle
  » N'a ni chagrins, ni plaiſirs ? » Ah ! dit-elle,
Et puis ſe tut. L'amant acheva pour la belle.
Seigneur, dit-il, tout n'eſt-il pas commun
Pour deux objets qu'un même amour conſume ?
Nous ſommes deux & nous ne faiſons qu'un:
Les biens, les maux, la joie & l'amertume,
Tout ſe partage entre nous. » Mes enfans,
» Aprochez, dit le Dieu, voyons ce que renferme
» Chaque ballot« : il ouvre, il regarde dedans.
D'un côté ſont les plaiſirs des amans,
Plaiſirs nombreux, plaiſirs très-grands,

Des maux futurs d'autre part eſt le germe

Imperceptible ; & pour tout un chagrin,

Un mal préſent, mal cruel, mal enfin

Capable ſeul d'emporter la balance.

Eh ! quelle eſt donc votre ſouffrance ?

Dit Mercure en riant ; car il ſavoit d'avance

Ce qu'on lui répondroit. Hélas ! c'eſt, dit Atis,

Que nous perdons tous les deux l'eſpérance

De nous voir à jamais unis ;

Nos goûts, par nos parens, ſont traités d'amourettes,

Et nos nœuds, diſent-ils, feroient mal aſſortis

Du côté de l'aiſance étant fort mal lotis.

» Eh bien ; ils n'ont pas tort, les gens portant lunettes

» En ſçavent là-deſſus plus que vous, mes amis.

» Vous êtes l'un de l'autre éperdument épris,

» Vous eſpérez jouir d'un bonheur ſans nuage ,

» Tels que j'ai vu jadis Philemon & Baucis.

» Vous avez, je le crois, leurs ames, leurs eſprits

» Mais rien pour vivre ; c'eſt dommage.

» Attendez que les Dieux vous aient enrichis,

» Et juſques-là prenez courage ;

» D'ailleurs ſi vous ſçaviez les chagrins des époux,

» Ils ſont inceſſamment l'un de l'autre jaloux.

Un

» Un an n'eſt pas coulé qu'un des deux eſt volage:

» La nature & l'amour, venus à pas de loup,

» Ont étendu leur culte & brouillé le ménage :

» Après de courts plaiſirs viennent de longs dégoûts,

» Le bonheur diſparoît avec le mariage :

» Reculez ce moment, je vous en avertis.

» Pour aimer conſtamment il faut ſe trouver libre

» Et vous vous unirez..... vos deſtins ſont écrits....

» De Jupin cependant tout vous rend favoris.

» C'eſt peu que pour toujours je mette en équilibre

» Vos agrémens & vos ennuis :

» Votre ſincérité mérite un plus doux prix.

» Au ballot des plaiſirs, j'ajoute pour ſalaire

» La promeſſe du bien qui vous eſt néceſſaire

» Pour ne manquer de rien quand vous ſerez unis.

» De plus ce chalumeau. Pour calmer vos ſoucis

» Je prévois qu'il fera l'affaire :

» Quand l'ennui vous prendra, vous en jouerez Atis;

» Et l'eſſai je vous le prédis

» Ne tardera pas à s'en faire :

» Adieu, « Dans ce moment, aux Céleſtes lambris,

Comme le Dieu voloit, la petite s'écrie:

Et moi, Seigneur, ſi je m'ennuie,

F

Je n'aurai donc rien? Si , dit Mercure : oh ! oh !

    » Vous avez peur qu'on vous oublie ;

    » Votre Berger , ma belle amie ,

    » Vous prêtera le chalumeau.

# ESSAI DU CHALUMEAU.

Oh ! que n'ai-je l'efprit & le cœur de Tibulle ,
Que n'ai-je la fraîcheur & la légéreté
De l'Albanne , ce Peintre , à bon droit fi vanté :
Je chante le plaifir , je le fais fans fcrupule ,
Ce n'eft point un grand mal d'infpirer la gaité.
De plus ce que je dis a fon utilité :
Ma réferve feroit nuifible & ridicule.
Achevons. . . . . Cependant s'il arrivoit qu'un jour
      Mon livre tombât d'aventure
Aux mains d'une dévote ! Allons, courage, Amour ,
Ne nous alarmons pas : fi fa bouche murmure
     Son cœur peut-être aplaudira.
Elle dira d'abord , » quel eft cet Auteur-là ?
» Le profane , à nos yeux va faire la peinture
» Des jeux de deux amans , livrés à la nature !
» Ah ! fi. . . » la Sainte alors duement fe fignera ,
    Et tout d'un tems jettera ma brochure.
      Mais enfuite Satan fera
      Que la Sainte me reprendra

Difant : » Voyons pourtant ; lifons un peu cela ;

» Quitte à le mettre au feu» ... Néant à la brûlure.

   Oh ! la pieufe créature !

J'efpere bien qu'alors elle me gardera

  D'auffi bon cœur que la Sainte Ecriture.

Qu'ainfi foit : contons donc fans chercher d'autre

  augure.


  Il vous fouvient du moment où Mercure

  Quittant la Crete à l'Olympe vola ;

 Je vous dirai qu'en partant il laiffa

Son beau Siége azuré, l'on m'entend, c'eft fa nuë ;

  De plus, fa bourfe & fa balance encor.

La nuë avoit fon prix, la bourfe étoit dodue ,

  La balance étoit d'or.

Que de biens ! penfez-vous qu'il avoit oublié

  De tels effets, ou que par vaine gloire

Sa grandeur en partant les avoit dédaignés ?

  Vous auriez grand tort de le croire.

Qui fait les Immortels, fi ce n'eft la vertu ?

Surtout la bienfaifance ! on a mal combattu

L'étrange avidité de ce Roi Sybarite,

Créfus par avarice, aux enfers defcendu ,

Chercher l'or du pactole aux rives du Cocyte :

S'il jouoit & qu'à terre il tombât un écu,

Il l'avoit ramaſſé devant qu'on ne l'eût vû.

Eſt-ce donc à des Grands de ſe montrer ſi chiches ?

L'indigent ſoulagé porte aux Cieux les gens riches,

Un ſujet libéral peut ſe faire adorer :

L'avare Souverain, quoi ? ſe déshonorer.

Mercure, à nos amans, avoit par bienfaiſance

Laiſſé, ſans dire mot, ſa bourſe & ſa balance,

Outre le chalumeau dont nous avons parlé.

Lorſqu'Atis & la belle eurent bien regardé

Ce magique inſtrument qu'à bon droit ils reçurent ;

En relevant les yeux tous les deux aperçurent

Ces baſſins d'un or pur qui les éblouiſſoit,

Le nuage étendu qui les envelopoit,

Et la bourſe entr'ouverte : auſſi-tôt ils s'émurent.

Jugés de leur ſurpriſe & de leur embarras :

Maîtres de ſes tréſors, ils ne le ſçavoient pas.

Les reporter au Ciel eût été difficile ;

Les garder, pas trop ſûr. Ma chere, dit Atis,

    Vois-tu ce nuage mobile

    Où nous ſommes enſévelis ?

    Il doit, ſelon toute aparence,

Gagner tantôt du Ciel les lambris éclatans ;

    Alors la bourfe & la balance

    Y remontront en même-tems.

    De fon enveloppe légere

    Cependant il nous faut fortir,

De crainte que les Dieux, dans leur jufte colere,

Si leurs biens nous tentoient, ne nous vinffent punir.

Ils marchent : Alifon tient Atis par le bras ;

Mais le nuage avance & ne les quitte pas :

La balance & l'argent, tout avec eux chemine.

Atis double le pas ; c'eft en vain qu'il s'obftine ;

Le nuage les fuit : le couple déja las,

S'étonne, marche encor, fe confulte & rumine.

    Enfin la mignone Alifon

N'en pouvant plus, tombe fur le gazon.

    Eft-ce un prodige ? Quel nuage !

    Dit-elle en fixant fon amant ;

    Comme il nous fuit ! comme il voyage !

    Dis, que t'en femble maintenant.

    Je crois, dit-il, très-fermement,

    Qu'il eft pour nous d'un bon préfage

    Et que les Dieux nous font préfent,

    De la balance & de l'argent.

Bon ! — Oui fans doute je l'efpere ;
Notre fortune eft faite. — Hélas ! dit Alifon,
A quoi fervent les biens quand on eft en prifon ?
Ne nous alarmons point reprend Atis ; ma chere,

       Les Dieux ne font rien fans raifon,
Je juge maintenant que leur intention

       Eft de dérober ma Bergere
Aux regards trop gênans de fes parens jaloux ,

       Et qu'aujourd'hui fur la fougere
Elle goûte avec moi les plaifirs les plus doux.

       —Que dites vous, Atis ?-Vous mocquez-vous ?
       —Non, non : le Ciel nous favorife.

Je brûle d'un amour que lui-même autorife ;
Et pour peu qu'Alifon s'opofât à mes feux
Elle contrediroit fon Amant & les Dieux.
De propos en propos ils engagent l'affaire ;
Alifon fe défend , Atis fe défefpére
Et dans fon défefpoir aveint le chalumeau ,
Pour calmer le chagrin que lui fait fa Bergere.
Alifon de fa part boude le Jouvenceau.

       Un grand point affligeoit la belle
Elle voyoit aller fon honneur à vau-l'eau :
Je ne pourrai jamais m'en confoler , dit-elle,

Je voudrois oublier ma tendreſſe & vos feux;

Votre peine n'eſt rien : que la mienne eſt cruelle.....!

C'eſt-à-moi de calmer des maux trop douloureux :

Prêtez-moi l'inſtrument ; vous ſçavez qu'à tous deux

Mercure l'a donné. L'Amant à ſa maîtreſſe

   Avec tranſport en fait la politeſſe :

La petite le prend: Elle a quinze printems :

Supoſez-la novice; on peut l'être à cet âge :

Elle eut en moins d'une heure acquis tous les talens ;

   Et conclut, dès l'aprentiſſage ,

Que l'art eſt de ſçavoir, dans ce métier ſi doux ,

Donner des coups de langue & bien boucher les trous.

## Ce que devinrent le Nuage, la Bourse & la Balance.

J'AIME assez les repas ; ils sont fort agréables,
Même dans les Romans, s'ils viennent à propos.
Homére a très-grand soin de nourrir ses Héros :
Virgile va plus loin : après de longs travaux,
Aux siens, dans un besoin, il fait manger les tables.
Mais la scene des miens ne dure ici qu'un jour :
Pendant ce court espace on peut vivre d'amour.
Ainsi firent Atis & la jeune Bergere;
      Et puis sur la fougere
S'endormirent tous deux : c'est encor un moyen
      Très sûr pour oublier la faim;
      Atis avoit pour traversin
      Le sein douillet de sa compagne;
Mais ce mobile apui nuisoit à son repos.
Le nébuleux rempart, fort utilé en campagne,
Le dispensa trois fois de tirer les rideaux.

  L'aurore en se levant aperçut ce nuage,
Et de ses feux trop doux ne put le pénétrer :
Mais si-tôt qu'à Phébus elle eût livré passage;

Pompé par les rayons que le Dieu vint darder,

Il remonta vers la Céleste plage.

Les yeux de nos Amans s'ouvrent à la clarté ;

Plus de brouillard en leur préfence :

Le plus folide étoit refté ;

C'étoit la bourfe & la balance.

Le bonheur d'Alifon paffe fon efpérance.

Juftes Dieux ! nous voilà , dit-elle en liberté.....!

Aux bijoux à peine elle penfe ;

Elle eft libre : en effet quelle félicité !

Atis ravi , tranfporté ,

Donne le bras à fa belle ,

Et s'en retourne avec elle ,

Laiffant encor de côté

La balance & l'efcarcelle.

L'or pourtant l'auroit flatté.

Il regardoit de côté ,

Efpérant que d'avanture

Le tout encor les fuivroit ;

Mais , malgré fa conjecture ,

Voyant que rien ne bougeoit :

Puifqu'ils ceffent de nous fuivre ,

Laiffons , dit-il , ces effets ,

Et prenons que c'eſt du cuivre :
C'eſt un ſûr moyen de vivre
Sans les regretter jamais.

Le couple eſt à peine en route
Que , de la Céleſte voûte ,
Un Dieu s'exprime en ces mots.
( C'étoit Mercure ſans doute , )
» Mortels chéris des Dieux ne craignez plus les maux
    » Dont vous menaçoit l'indigence ,
» Emportez ces tréſors , ils ſont la récompenſe ;
» De vos timides vœux & de votre candeur.
» Je vous ait fait ſceller votre union d'avance :
» Voulez-vous de l'amour conſerver la faveur ?
    » Ne laiſſez à l'Hymen trompeur
    » Que la plus tardive eſpérance :
» Lui ſeul il troubleroit votre parfait bonheur ;
» Car Jupiter peut tout, hors donner la conſtance
» A de jeunes époux ; mais malgré mes avis ,
» Si, preſſez par l'Hymen, vous vous trouvez ſéduits,
» S'il vous enchaîne enfin; comme une honnête aiſance
» Fait que chacun s'arrange & qu'on a moins d'aigreur;
» Aux Crétois, ſur le champ, vous vendrez la balance :

» Ils fe cottiferont : je ferai dans leur cœur

» Eclore ce moyen de réparer l'offenfe

  » Qu'ils ont faite à leur bienfaiteur.

» Ufez modérément de l'argent qu'en ma bourfe

» J'ai laiffé pour fervir à vos menus plaifirs ;

» Vendez tard la balance , écartez la reffource

» Qui préfage la fin de vos tendres défirs. «

 Atis reconnoiffant mit les genoux en terre ;

Obéit en tous points : ainfi fit la Bergere.

Elle adopta fur-tout le falutaire avis

  De reculer le mariage ;

Prêcha l'économie à l'amoureux Atis ,

Et fixa le plaifir en fuyant l'efclavage.

 Jufqu'à la foixantaine ils vécurent amis.

Alifon quelquefois prétexta des ennuis ,

Du chalumeau fans doute aimant à faire ufage.

 Le fervice & le tems ayant enfin ufé

Cet utile inftrument , l'enchanteur du ménage ;

Un jour le faible Atis , de fatigue épuifé ,

Tombe aux pieds d'Alifon , pardon , dit-il , ma chere ;

  Pardon , pardon , j'ai trop ofé.

Ce que j'ai fait hélas ! je ne le puis plus faire ;

Mais qui n'aima que vous peut bien être excufé.

Voici l'inſtant venu d'employer la reſſource
Que nous tenons du Dieu qui nous a tant ſervi.
Il ne reſte tantôt plus d'argent dans la bourſe ;
Nos beaux jours ſont paſſés ; nous en avons joui ;
Et n'avons à penſer qu'à finir notre courſe.

      Vendons la balance aujourd'hui ,
Et goûtons les douceurs que donne l'opulence.
Maintenant qu'il nous faut en marchant un apui
      Nous pouvons en toute aſſurance
Nous livrer à l'Hymen : à mon âge un mari
      N'eſt pas ſujet à l'inconſtance.
      L'Hymen , l'Amour & leur puiſſance
      N'y pourroient rien , je les mets au défi ,
Tant pis , dit Aliſon , & puis prit ſon parti.
La balance payée , elle fut ſuſpendue
      Au haut du Temple de Thémis ;
Et je l'y crois encore : autrefois , mes amis ,
      L'Abbé Prévôt m'a juré l'avoir vue.

## COROLLAIRE.

J'Ai blâmé les Crétois, j'ai dit leurs châtimens :
Ils regrettoient un bien auquel je ne crois guere,
L'âge d'or. En ce tems l'on n'avoit rien à faire :
Le bon vin & le lait ruiſſeloient dans les champs.
O merveille paſſée ! O ſottiſe ! O chimere !
Le plus ſage des Dieux, au dire de ces gens,
Novateur indiſcret bouleverſoit la ſphére,
Puiſqu'il ne vouloit plus de ſujets fainéans.
Saturne étoit un Ogre ; il mangeoit ſes enfans,
Et de Saturne encor la mémoire étoit chere.
L'injuſtice & l'erreur ſeront de tous les tems.

# COMPOSITION
## des Eſtampes.

### PREMIERE ESTAMPE.

Toutes les Scenes, à l'exception de deux, ſe paſſent dans une plaine. La premiere Scene eſt une de celles qui ſont exceptées. L'Eſtampe offre un Deſert où le Temple de Jupiter paroît dans l'éloignement; Mercure tenant ſon Caducée s'envole, en tournant le dos. Partie des Crétois eſt à genoux ſur les marches du Temple, & aux environs. Partie regarde Mercure s'envoler; & partie retourne ſur ſes pas. Le Ciel eſt nébuleux & ſillonné d'éclairs.

### IIᵉ. ESTAMPE.

Les Crétois ſont aſſemblés dans une plaine riante. Une Monticule eſt au centre : c'eſt où Mercure met pied à terre pour écouter les plaignans. Des orangers, des cerifiers & des limoniers ornent le fond du Païſage. Les Crétois debout forment un cercle fpacieux autour de la Monticule. Ils font drapés fuivant le coftume. Mercure faifant face au peuple s'envole d'un air mécontent. Dans fa main droite eft fon Caducée : de la gauche il releve fa draperie. Un Orateur eft au pied de la Monticule : il a l'air déconcerté. Partie des Crétois le fixe : partie regarde le Dieu : le refte s'en retourne.

## IIIᵉ. ESTAMPE.

MÊ m e plaine , même peuple & même Orateur. Mercure au-deffus de la même éminence , tient toujours fon Caducée ; il s'envole en fouriant : perfonne n'eft occupé à le confidérer : on entoure l'Orateur & on le félicite.

## IVᵉ. ESTAMPE.

L A quatrieme Eftampe offre l'afpect d'une place publique. On y voit des gens de tous états , portant fur l'épaule chacun une balle garotée comme celles qui contiennent des marchandifes , quelquesuns ont des bâtons qui leur fervent d'apui & marchent le dos courbé ; d'autres fe promenent d'un air lefte , & fans avoir de bâton. Des Crétois , par groupes , délient leurs balles pour fe

faire

faire voir réciproquement ce qu'elles renferment.
Des têtes couronnées fe trouvent là pêle-mêle.
Tout le monde s'accofte indiftinctement.

---

## $V^e$. ESTAMPE.

LE lieu de la Scene change. Les Crétois font
affemblés dans la plaine où ils étoient d'abord.
Ils ont un air défait. Mercure eft debout fur la monticule : il tient encore fon Caducée, le même Orateur parle ; & tout le monde écoute.

---

## $VI^e$. ESTAMPE.

LA fixieme Scene fe paffe dans la même plaine, préfentée fous un afpect différent. La monticule eft vue de côté ; Mercure paroît cette fois affis
fur un nuage ; fa draperie eft relevée par une cein-
ture, d'où pend une bourfe. De la main gauche il
tient une large balance : de la droite fon Caducée ; il le baiffe : cet attribut lui fert à marquer le
commandement. A fes pieds eft un Roi déliant fes
ballots. Ceci fe paffe dans le centre du Tableau, &
eft diftingué par un efpace fuffifant entre Mercure
& le peuple qui forme un cercle. Hommes & femmes portent chacun une double balle : la balle de

devant eſt plus groſſe que celle de derriere. Les yeux ſont fixés ſur Mercure & ſur le Roi. Sur le devant des enfans s'amuſent à jouer.

## VIIᵉ. ESTAMPE.

PLUS de Rois. Mercure eſt vu ſur le nuage avec les mêmes attributs. Il a relevé ſon Caducée: il eſt ſeul. Sur le devant de l'Eſtampe eſt une chaiſe de poſte. Deux Eſclaves portent leur Maître pour le mettre dans ſa voiture.

## VIIIᵉ. ESTAMPE.

LE Tableau eſt moins chargé de monde. Mercure conſerve la même attitude. Un Gentilhomme eſt debout devant lui. Les ballots du plaignant ſont aux pieds du Dieu : le plaignant s'arrache les cheveux : un homme éploré s'eſt aproché de lui & lui parle. La conſternation eſt générale, on la remarque dans les différentes attitudes. Tout le monde quitte la place.

## IX<sup>e</sup>. ESTAMPE.

MÊME fite. Mercure fourit à un jeune garçon
& à une jeune fille vêtus en Bergers. La foule s'eft
écoulée : ils font feuls : le jeune homme a l'air ti-
mide ; la fille a les yeux baiffés. Dans les trois fu-
jets précédens les femmes portent des balles ; la jeune fille n'en a point ; le jeune homme porte une
balle de la même forme que les précédentes, ex-
cepté qu'elle varie par la pofition : la partie la plus
maigre eft fur le dos, la plus volumineufe fur l'ef-
tomac : le jeune homme prête attention à ce que
lui dit Mercure.

## X<sup>e</sup>. ESTAMPE.

JOUISSANCE. Mercure ne paroît plus. Dans la même
plaine le jeune homme & la jeune fille couchés fur
la verdure, font a peine aperçus à travers un nuage qui les envelope. La bourfe & la balance de Mercure font portées par la partie de la nuë la plus
denfe, & paroiffent dans l'inclinaifon de quelque
chofe emporté par un tourbillon.

## XI<sup>e</sup>. ET DERNIERE ESTAMPE.

LE nuage a difparu. On voit par terre la bourfe & la balance; la bourfe eft entr'ouverte : il en
tombe quelques pieces. Le jeune homme & la jeune fille ont le dos tourné aux effets : ils marchent
en fe tenant par le bras : l'un & l'autre fixent le
Ciel avec l'attention de quelqu'un qui écoute.

www.ingramcontent.com/pod-product-compliance
Lightning Source LLC
Chambersburg PA
CBHW060823180626
46818CB00002B/932